아이와 어른

장봉이의 제5 서정시집

시인의 말

삶은 내게 지금까지 문제지만 던져 주었을 뿐
해답을 준 적은 한 번도 없다.
세상이 두려운 것 아이나 어른이나 다를 바 없다
요람에 앉아 있는 아이도
인생을 살아가는 어른도
세계적인 질병 앞엔 속수무책이다.
사시사철 배만 깔고
지상이 평온하기만 기원하는 현실의 문제에
나는 인생은 무엇이 문제이고
나의 문학 길은 무엇이 해답일까?
가장 혹독한 추위가 지나가면
봄은 지나간 겨울을 모른다
이제 봄을 맞이하고 소담한 꽃을 피우기 위해
다섯 번째 화단을 만들었다.
그 화단에 물을 주고 씨앗을 심는다고
다 꽃을 피우는 것은 아니지만

많은 사람들이 나의 화단으로 와서

꽃을 구경했으면 한다.

2022년 봄 여름

장 봉 이

차례

제3부 어른

제4부 삶의 무게

제5부 사랑과 이별

제1부
아이

그림, 손자 장형윤

아이야

너를 보며 미소 짓는 것은
맑은 햇살처럼 세상을 비추는
사람이 되기를 바라는 것이고

아이야
네게 노래를 들려주는 것은
세상의 모든 소리를 아름답게 듣는
사람이 되기를 원하기 때문이다.

아이야
너에게 책을 읽어 주는 것은
끊이지 않고 흐르는 샘처럼
세상에 갈증을 풀어 주길 바라는 것이고

아이야
네게 걸음마를 가르치는 것은
세상을 살면서 힘들고 어려울 때

어떠한 난관에도 항상 용기를 잃지 않고
희망으로 살아가기를 바라는 것이다.

아이야
너에게 바다를 보여 주는 것은
넘치지도 가득 채우지도 않는 사랑을
세상 사람들에게 베풀기를 바라는
어버이의 간절한 소망의 마음이란다.

봄의 소리

봄을 먹는 아지랑이 입술에서
할아버지의 졸음 소리가 들린다.

봄을 먹는 꽃들의 입술에서
아삭아삭 맛있는 소리가 들린다.

봄을 먹는 이파리들 입술에서
소곤소곤 수다 떠는소리가 들린다.

봄을 먹는 시냇물의 입술에서
졸졸 음악 소리가 들린다.

청개구리

올챙이였던 기억 때문일까?
시도 때도 없이 부르는 엄마
애타고 청승맞은 목멘 소리
푸른 등줄기가 검은 줄 가도록
울기만 하는 청개구리
개골개골 우리 엄마
개굴개굴 우리 엄마
하지만 엄마 청개구린
물속 깊이 잠들어 있는지
전혀 대답이 없다.

예쁜 동생이 있었으면

어젯밤에

엄마보고

예쁜 동생 낳아 달라고

밤새도록 조르다가

나도 몰래 스르르

잠이 들었는데

꿈속에서 예쁜 동생이

나를 보고 방긋방긋 웃으며

언니하고 불렀어요.

언제나 산소처럼

산소처럼

신선한 생각을 가지면

힘든 일도

내려놓은 듯싶고

어렵게만 여겼던 수학 공부도

술술 잘 풀린데요

어린이는 언제나

늘 산소처럼

신선하고 상쾌한 마음을 가지고

이 세상을 꿈꾸며 나아가면

세상도, 산수도 , 모두가

산소처럼 신선하고 아름다워지겠지요

술래잡기

어젯밤에
우리 아빠와
집안 연못에서
잉어들을 모아 놓고
달님 별님들과
술래잡기하며 놀다가
집에 와서 잠을 잤는데
꿈속에서도
달님 별님이
자꾸만 술래하라고
몇 번이고 깨웠습니다.
내일 밤엔
연못에 들어가서
달님 별님들 건져 놓고
잠을 푹 자야겠습니다.

순이 얼굴

붉은빛 저녁놀 하늘에

내 친구 순이 얼굴이 물드니

새하얗던 얼굴이

금방

장미꽃이 됐어요.

그런데 예쁜 순이는

자꾸만 자꾸만

수줍어 부끄러워만 하네요

색안경

우리 모두
색안경 놀이를 해보자.

파란 안경을 쓰니
세상 모두가 파랗고

노란 안경을 쓰니
세상 모두가 노랗다.

검정 안경을 쓰니
세상 모두가 까맣고

안경 없는 눈으로 세상을 보니
세상 모두가 아름답다.

고추잠자리

잠잠 잠잠 ,

아주 빨간 잠자리

고추잠자리

어! 어! 어!

어디 어디 앉아 있나,

빨랫줄 위에도

장독 위에도

울타리에도

고추밭에도

우리 엄마 머리 위에도

앉아 있지.

내가 만약

내가 만약
별이었다면
세상 모든 어린이에게
꿈과 희망을 주기 위해
얼마나 반짝거렸을까?

내가 만약에
달이었다면
세상 모든 어린이에게
어둠 속에 밝음을 주기 위해
얼마나 밝게 비추었을까?

세상 모든 어린이는
밤하늘에 빛나는
별처럼 달처럼
환하게 웃고
반짝거리는 눈망울로
살아가야 하니까요.

한가위

달 속에
내 고향이 있고

달 속에
내 가족이 있어.

달 속에
엄마 아빠가 떡방아를 찧고

달 속에서
엄마 아빠가 우리들 먹을 송편을 빚고 있어요

금낭화

살랑거리는 봄바람 낭군이
백마를 타고
산촌 새색시
금낭화에
장가오던 날
홍등은 줄지어
불을 밝히고
수줍은 새색시는
기쁜 마음에
하얀 버선발로
마중을 나오네요.

키재기

겨울날 처마 끝에
옹기종기 모여든
길쭉하고 삐쩍 마른
수정 고드름들이
추운줄도 모르고
온종일
추녀 끝에 매달려
땀을 뻘뻘 흘려가며
누가, 누가
더 큰가?
키 재기를 하네요

간호사

간호사 누나는
거짓말쟁이
주사를 놓을 때
아프지 않다고 해놓고는
뾰족한 바늘로
인정사정없이
내 엉덩일
찔렀습니다.
아야!

간호사 언니는
우리 엄마 같아요,
내가 주사를 맞을 때면
아프지 말라고
엄마처럼 내 볼기를
예쁘다며 두들기다가

나도 모르게

주사를 쿡 놓아요.

언제 놓았지.

제2부
자연

전기 밥

냉장고와 에어컨은
무슨 밥을 먹고 사나요?
발전소에서 보내주는
전기 밥을 먹고 살지요

컴퓨터와 티브이
무얼 먹고 사나요?
발전소에서 보내주는
전기 밥만 먹고 살지요.

이슬

풀 섶 위에 누운
작은 물방울들
영롱한 아침 햇살에
목욕하고,
바람에 맞춰 춤을 추며
숨바꼭질하면서
방긋방긋
하늘하늘
술래잡기하네요

오리

걸어가도

뛰어가도

날아가도

오리는

오리 밖에 못 가네요

아침이슬

밤새도록 무서워
덜덜 떨었던 이슬방울들
아침 햇살이 간지럽게 깨우니
이쪽에서 방긋
저쪽에서 방긋
하얀 이를 드러내고
히히히 웃고 있네요

소나기 1

동서에 번-쩍
남북에 둥 둥
우르릉 꽝 꽝
하늘 바다
성난 파도 소리
쏴-악
좔좔
쏴 악 쏴 악
지구로
쏟아져 내려오는
하늘 바닷물
우와 지구가 물에 잠기면
정말 큰 일인데.

소나기 2

쪽빛 하늘 바닷가에

아주 아주 크고

아주 새하얀

뭉개 거품과

아주, 아주 큰

흉측하게 생긴

검은 뭉개 거품이

쿠르릉 쿵 쾅 쿵 쾅

서로 박치기를 하더니

둘이 엉엉 아프다고 울면서

굵은 눈물방울들을

주르륵 흘리네요

봄

아침이슬에 새벽 별이 떨어지고
바람에 꽃잎이 깔깔 웃는 아침

길 떠났던 연록의 어린이들이
푸른 배낭을 메고 고향으로 돌아오면

눈이 부신 햇살은 진주를 뿌리고
새들은 즐거워 노래하며 반기네

겨우내 옥 살았던 산골 물들도
신이 나서 졸졸 기차놀이를 하고

파릇파릇 뾰로통한 풀잎들도
쪽쪽 소리 내며 대지의 젖을 먹게 하는

봄은
우주의 마법사

말과 말

내 말이 뛰니
네 말도 뛴다.
내 말이 달리니
네 말도 달린다.

광야로
세상으로
손짓, 발짓
입으로

때론 흥겹게
때론 서글프게
고운 말과 나쁜 말이
서로 엉겨 뛰고 달리네.

단풍잎

오색의 가을들이
손에 손을 잡고는
나무 위에서
뛰어내리더니
바람 손
구름 손잡고
멀리멀리
소풍을 떠나네요.

낙엽

땅 위로 떨어지는
붉은 별똥별
하나
둘

노란 별똥별
하나둘

동서
남북에서

우수수 수
울며 떨어져요

나무의 옷

나무도
나무도
철철이
옷을 바꿔 입어요
봄에는
연녹색 옷
여름엔
푸른 옷
가을엔
알록달록
울긋불긋
아름다운 옷
겨울엔
추운데도
벌거벗고 사네요

제3부
어른

아이와 어른

황금 햇살이
풍년의 기억을 되살려
참새와 들국화를
수줍게 깨웠다.
삼천리 금수강산
논두렁 밭 두렁길
화사함을 모른 채
황금빛을 토해내면
풍요롭게 넘치는
넓고 넓은 들판엔
어제의 삶에 지친
어머니 이마에 패인
어른 주름살이
아이처럼 펴졌다.

과음

대취한 보름달이
잣나무 가지에 걸려
자빠지더니
내 온몸으로 기어 온다.
달빛의 취기
눈으로 마시는
저 순도 높은 교교함
나를 과음하게 하더니
산이 포주가 되어
내 허리를 잡아끈다.
오호라, 그래,
오늘 밤은 기필코
내 너, 산을 품고
만리장성을 쌓아 보리라

마음

마음은
삶의
내비게이션

가끔은
더러는
똑같은 길을

몇 번이고
가고 또 가고
맴돌 때가 있다

근시

- 부제 코로나19

나는 근시가 됐다.
그래서
내가 내다보는 풍경도 근시다
언제부턴지 나에겐 원시가 없어졌다.
첩첩이 쌓인 산도
아스라이 펼쳐진 망망대해도
모두가 밋밋하고 평평한
먼 곳의 그림자에 불과하다.
그래서인지
아름다운 곳이 전하는
기쁨도 공포도 없다.
가보고자 용기 낸 적도 없다
그것은
저 빛이 어둠과 다르지 않기 때문이다
습관이 법이 되면

방황은 앉은뱅이가 되어

어둠도 빛도 근시가 된다.

이데올로기와 아집으로

근시를 해결할 수 없다

침묵하며 견디는 것만으론

근시를 막을 수 없다

고요한 근시는

어둡고 불편하지만

아주 가까운 곳을 아름답게 볼 수 있으며

아주 가까운 자를 이쁘게 볼 수 있다

근시도 다 나쁜 그것은 아니다.

가까운 행복은 작은 행복을 만족시킨다.

꽃잎 지다

봄비 그친 후
짧은 졸음 속에 하품하듯
화사했던 피움은
비릿한 바람의 속삭임에 꼬여
속물이 되어 따라간다.
사랑도 잠시뿐인 이 세상은
피고 지는 이치 만 투명하다
영혼은 현실에서만 갈망하는 것이지
내세엔 그저 최면일 뿐이다
지는 꽃이
날리는 꽃이
무슨 소원을 부를까, 마는
회귀를 바라는 나무의 속셈은
소망이고 염원이 가슴 깊어
사라져 간다는 것엔 아마도 슬픔일 것이다
이별은 외로운 사건이고 현실인 것

이 세상이든 저세상이든

혼자가 되기 위해

지기 위해 피고

피기 위해 진다는 것은

너무도 울고 싶은 일 아니겠는가,

말은 쉬워 세상을 위해 핀다고 하지만

바람을 위해 진다고 하지만

둘째 형을 배웅하며

오 형제 중 둘째 형이
형제 중 처음으로
오늘 죽음으로 영영 이별을 고했다.
좋아한다는 말
귀가 있어도 듣지 못하고
사랑한다는 말
입이 있어도 하지 못하고
마음에만 품다 가신 팔십팔 농아 인생
소중한 이 세상 아끼고 아끼며
살다 가신 형님이시어
한 형제 이어서 감사하였고
나의 형이래서 든든했었습니다
헤어진다는 것이 애달프지만
이별한다는 것이 한없이 슬프지만
형님의 고마운 마음 고이 간직하고
육신만 눈물로 보내드립니다
저세상 가시거든

먼저 가신 아버지 어머니 만나
이제껏 못하시던 말 다 하시고
듣고 싶으시던 말 다 들으시고
부디 행복하시길 빌고 빕니다
안녕이란 말 하고 싶지 않습니다
나를 사랑해 주시던 형님이시여
나를 아껴 주시던 나의 형님이시여
고이고이 가시옵소서.

2022. 04. 01. 막냇동생이 형님을 보내며

모란 피어나다

삼백예순날 품어온 마음을
영롱한 오월 도화지 위에
새벽 햇살 바늘로
곱고 화려하게 수 놓았나,
한땀 한땀 홀린 사랑
순박하고 곱디 붉다 못해
매력적인 덤덤한 슬픔으로
피어나는 모란이여
하늘과 부딪치다 꼬리 잘린 듯
어둠 속에 천사처럼,
자신을 밀어내는 퇴색한 꽃향기여
살아있는 새벽빛을 쏟아 내는
고운 햇살처럼,
가슴으로 울고
몸으론 웃으며
고귀하게 피어나는 모란이여

무상무념

세상을 향한
단 한 번의 보시
하늘을 향한
단 한 번의 해탈
바람에 날리어
떨어져 누운
수중 궁정의
연꽃잎
한 잎

만남

어둠은 어둠을 만나야
더 어두워지고
밝음은 햇살을 만나 야
더 환해진다.
사람은 사람을 만나 야
더 현명해지고
사랑은 진실을 만나 야
행복함이 더 깊어진다.
인생은 아픔을 더해야만
현명한 아름다움을 알고
삶은 고생을 맛봐야만
인생의 참맛을 안다.
공기는 물을 만나고야
신선해지고
물은 산소를 만나 야
시원해지고

나무는 땅을 만나 야

숲을 이룰 수 있고

숲은 산을 만나 야

제구실한다.

하늘과 땅 사이에

너와 내가 존재하지 않는다면

천지는 있으나 마나 한 것이고

너와 내가 있으나

사랑하지 않는다면

이 또한 사나 마나 한 것이다

백운봉*

송어살 빛 노을이
구름,
불꽃,
연꽃인 척
부는 바람 따라
옷고름 휘날리며
아리아리 넘어간다.
이승에서 못다 한
눈물 입 고름
그리움 갈래갈래
입술에다 포개 놓고
흰 새벽 달빛처럼
서러움 뿌린다.
천년 사랑 고운 임은
양수리 두 강에 담아두고
구름 삼천 근만 품었다.

*백운봉,

경기도 양평군에 있는 1,157m 높이의 용문산 두 번째 봉우리

산사의 고요

풍경소린 모아
산에다 주고

불경 소린 담아
속세에 펴 주었으니

비움은 눌러앉고
해탈만 차지한 이 고요

아! 비움에
티끌조차 하나 없으니

이 산사
무상무념으로 꽉 채웠구나

삶 7

밀려갔다 밀려오고
달려가다 밀려오는
파도는 바다다
일어섰단 주저앉고
주저앉았단 다시 일어나는
파도는 바다다
소리치다간 조용하고
조용하단 소리치는
파도는 바다다
자숙하고 성내고
축적하고 조용한
바다는,
파도는
삶이고
인생이다

바람

날려갔단 불어오고
달려가다간 잠시 멈추는
바람은 말썽꾸러기다
일어섰단 주저앉고
주저앉았단 다시 일어나는
바람은 신출귀몰
소리치다간 조용하고
조용하단 괴성을 지르는
바람은 얼굴 없는 변태
가만있다간 성내고
조용하다간 벌컥 화를 내는
바람은,
지나가는 나그네이고
외로운 삶이고
외로운 인생이다

새해

동녘이 붉은빛이면
서산도 붉은빛이다
뜨고 지는 의미가
솟았다 낙하하는 의미가
분명한 원형이정이거늘
입었다 벗어야 하는
어리석음과 깨달음의 반복이거늘,
찬연한 빛이 동서남북으로
비추고 비추어 이 세상을
푸름으로 꽃으로 상생으로
다시 태어나고 다시 살아나게 하는
윤회의 오만이거늘
해탈과 번뇌를 거듭한들
새해는 찰나이지 뭐가 새로울 손가,
우리에겐 그저 이음이란 시간 때문에
희망이란 단어를 기도하며
소리 없는 탐욕을 외치는 것 아니겠는가.

신점리의 밤

늦가을 신점리*
천년 넘은 은행목이
노란 원피스 벗어 던지곤
짙은 똥 향수 펄펄 풍기면서
오늘 밤 한 잔 더하며
만리장성이나 쌓아 보자고
내 손목을 잡아끈다.
서산대사와 마의태자의 발을 멈추게 한
밝고 상냥한 추월 秋 月 이도 나를 붙들고
처녀 속살 같은 계곡물도 나를 반기니
향기로운 똥 향수를 어찌 마다할까,
에라 모르겠다,
삼수갑산 가는 일 생긴다 한들
그때 가서 해결할 일
만산홍엽의 금상첨화 위에
네 설움 내 시름 같이 묻고

너와 나 오늘 밤은
두껍게 한 몸이 되어 보자.

*신점리, 경기도 양평군 용문면에 소재한 마을 이름

제4부
삶의 무게

연꽃

진흙 속에 피는 언어는
수치심을 없앤 신비로움이다
꽃 한 송이를 피우기 위해
전신을 진흙으로 감싸야 하는,
줄기로 밧줄을 올려야 하는
인내와 자비로움이다
아픔을 아름다움으로 승화시킨 꽃이여
섬세한 자태는 은혜롭고
오늘은 어제보다 기쁜 마음으로
세상을 공유하는 언어로 피는 꽃이여
눈물이 많은 시간은 뿌리로
허허로운 마음의 시간은 줄기로
전혀 방황하지 않는 시간을 꽃으로
이 세상의 불행을 이해하며
숭고한 높이만큼 하늘을 향해
피어오른 붓다여
연꽃은 해탈이고 묵언수행이다

아침

먼동이 트면
가려진 안개 틈 사이로
붉은빛이 싹 튼다.
먼 산 위에 새벽 별은
눈빛마저 희미해져
깜박이기도 어렵다
아침으로 나서는 해 길은
누구나 처음으로 들어가는 길
황홀하고 은밀하고 신비하다
착한 대지는 낯익은 모습으로
늘 마음에 담은 희망을 주어 심는다.
길이 넓어질수록
아침은 고요를 벗어내고
빛이 점점 더 시끄러워지면
풍금 소린 샛길로 퍼진다.
날개에 미소를 단 아침은

땅에 끌리는 탐욕을 데리고

천상에 움트는 빛을 쫓아

어제처럼 맞이했던 선한 눈빛으로

광채에 쌓인 빛나는 얼굴이 된다.

상쾌하고 유쾌하고 아름답게

어쩌다 우리는

어쩌다 우린 나무와 나무로 만나
한 나무가 되고 한 숲이 되었나,
사랑한 죄 눈에 보이진 않지만
부챗살처럼 쏟아지는 햇살을 함께 받으며
용기와 미소를 머금고
송이송이 내리는 함박눈을 함께 받으며
불안과 한숨을 이겨내며 점점 재목이 되어 갔나,
어쩌다 우린 둘도 아닌 하나가 되어
송진 같은 사랑을 깨물어 가며
그늘과 보금자릴 만들고
사시사철 푸른 이파리를 지탱하며
나무의 높이만큼 두 팔을 벌리고
숲의 넓이만큼 두 손을 잡으며
행복하고 넉넉하게 살게 되었을까,
가슴과 가슴을 맞대고 서 있는 우리는
어쩌다 나는 당신의 나무가 되었고
어쩌다 당신은 나의 숲이 되었을까.

간이정류장

기름기 쏙 빠진 겨울바람 뒤로
목적지 없는 봄바람을 좇아
무작정 타고 무심코 내린
한적하고 고요한 어느 산사 앞
바람 따라 발길 닫는 대로 쏘다니던
인생사
한평생 피곤한 나를 끌고 다니다가
은은한 풍경소리 낭랑한 불경 소리에 내 던지니
내가 나를 내려놓을 곳을 찾은 것 같고
내 마음 참선하며 쉴 곳 여긴 것 같다
고요하고 평화로운 이곳 산사
여기도 꽃이 피는 인생의 간이정류장이고
여기도 봄바람이 부는 사람 사는 곳
머물 곳 없는 것 같지만 머물 곳 있는 여기
바로 우리가 찾던 정류장이 여기 이 산사 아니겠는가,

용문산 전투

골짜기는 깊고 깊어
탄피 떨어지는 소리가
밀어로만 구른다.
오욕의 역사지 인
노송 우거진 그 자리엔
옛 호흡을 다시 하는
용기 가득한 백전백승의 혼이
오월의 푸르름 속을 흩날리며
먼 전설의 넋들이 있다.
자유를 위해 산화한 영웅의 분신들이여
조국을 위해 목숨을 초개처럼 던진 영령들이여
그날의 한 맺힌 절규의 함성이
아직도 용문산을 쩌렁쩌렁 울리는데
푸른 자유를 위해 젊음을 버린
육 사단 용문*의 용사들이여
당신들이 사랑했던 조국의 충성과

통일을 이루지 못한 서린 한

이제는

천 백 년 은행 고목에 입맞춤하며

용문산에서 편히 쉬시라

*육사단, 6. 25. 당시 5월 19일 용문산 전투에서 중공군 3개 사단
　을 물리친 보병 제6사단

인생 8

허무와의 싸움이다
밤낮 가리지 않고 타는 불꽃이다
싸우지 않으면
태우지 않으면
인생의 주인이 되지 못하고
타인이 되느니
허무에 맞아 죽을지라도
불꽃에 다 태울지라도
지배하는 허무와 불꽃에 맞서
싸우고 또 싸워야 하느니
그래야 나름
아름다운 인생이 될지니

인생 9

연인이 되어야만
사랑의 소설을 쓸 수 있는 것은 아니다.
빛바랜 앨범 속에서도
기억의 아름다운 시가 있고
시간에 빚짐 속에서도
채무자의 변명이 한 아름 있다
한여름 짙게 피는 장미도
시들면서 할 말이 있고
사무침과 원망을 잘 드러내지 않는 석류알도
때가 되면 톡톡 가슴을 내밀어 사연을 이야기한다.
내 것이 밉고 미워도
다시 나를 불러세워야 하는 인생길
가슴에 쌓아 놓은 좋은 일 나쁜 일
왜 하나둘 없을까, 마는
꺼내면 도리어 화가 되는 것이 인생인지라
그저 묵히고 묵히며 사는 것이 인정 아니겠나,

답이 없는 인생길에
숙명 같은 인내와 기다림이 없다면
전깃줄에 앉아 짹짹거리는 참새와 뭐가 다를 손가,
이백이십 볼트가 흐르던, 삼천삼백 볼트가 흐르던
나한테 흐르지 않을 인생이라면
굳이 전깃줄을 까서 감전될 이유는 없지 않은가,

소주

삶이 고달픈 날엔
소주 맛은 똥 씹은 것 같고

삶이 외로운 날엔
소주 맛은 찝찔하다.

삶이 즐거운 날엔
소주 맛은 샘물 같고

삶이 어리석은 날은
소주 맛은 비리고 메스껍다.

술은 인생의 일부요
소주는 삶의 약선이다

소주는 용기도 주지만
인생을 부서트리기도 한다.

잣나무 숲

잣나무 숲이 숨을 내쉬니
내뱉는 향기와 공기와 바람이 참 맛있다.
숲 사이사이에 꽂히는
수군거리는 햇살 꽃꽃이도
신선하고 화려하다
하늘로 솟구친 숲은
동서남북의 문을 활짝 열고
숯불처럼 타오르는 태양의 열기를
맨손으로 쥐고 어루만지며
진득한 송진 위로 청설모를 뛰놀게 한다.
이따금 괴성을 지르는 계곡물은
위엄 있는 신비의 물보라를
삐 줍고 든 햇살에 자랑한다.
희망을 주절거리는
산새들의 아름다운 지저귐은
숲의 향기를 찬양하는 시를 낭송하고

햇살마다 거주하는 나무 꼭대기엔
잣송이들이 주렁주렁 사파이어 보석 같다
불쌍한 기도로 엎드린 고라니에겐
훔쳐먹다 남은 농작물의 탐욕이 엿보인다.
잣나무 숲은 늘 산 위에 있고
산은 늘 숲 밑에 숨어 있다

종이꽃

태양이 얼굴을 갈기고
달빛이 온몸을 두드리고
별빛이 얼굴을 때리고
조명이 얼굴을 때려도
인간사의 아수라판과는 다른 종이꽃은
믿음과 배신, 애정과 증오,
열광과 비난, 희망과 절망을 모르는 체
상대를 향한 분노에 치를 떨게 하고
서로 다른 정의감도 없이 종이꽃은 핀다.
반성과 후회가 아예 없는 철면피 꽃
시대정신이 아예 없는 종이꽃 때문에
정의는 늘 이롭지 않거나 합리적이지 않고
인위적인 영혼의 반쪽을 만들어
피도 눈물도 없이 피어난다.
양심의 희망을 다 채워주지 못하고
들불처럼 피어오르지도 못하고

제풀에 자기가 죽어가는

무능과 오만, 무사안일과 무책임 앞에서

똑같은 무감정을 무한반복 하며

그들의 손에, 우리들의 손에

접었다, 피었다 하는 종이꽃은

슬픔의 꽃이요

아픔의 꽃이다.

차 한 잔 어때요

무거운 하루 벗어던진 저녁
그대 시간 괜찮으면
차 한 잔 어때요
진한 차 향기처럼
그대 아름다움 폴폴 풍기며
가장 어리석은 마음으로
가장 편안한 바보가 되어
이 세상 방황을 내다보는
조용한 찻집 창가에 앉아
빗물이 유리창에 그려내는
소리와 그림을 듣고 보면서
어제가 슬프고
오늘이 억울해도
웃음 짓는 마음으로
어두운 곳이 아니라
저 밝은 곳을 응시하며

이 시간만큼은 즐거움을 안고

그대 차 한 잔 어때요

그대 시간 어때요

커피도 좋고 국화차도 좋고

컴퓨터

우리는
우리가 만든 법률에 갇혀
권력자를 만들고 지배를 받는다

우리는
우리가 만든 민주주의에 갇혀
불평등과 성평등 속에 산다.

우리는
우리가 만든 권력자로 인해
선인도 되고 악인도 된다.

우리는
우리가 애써 지키려는 믿음으로 인해
자유도 누리고 통제도 당한다.

우리는

우리가 만든 권력이란 고정관념으로 인해

어리석다는 것을 깨닫지 못하고 부정 속에 산다.

우리는

우리가 만든 문명에 의해

원격조정 되어 산다는 사실을 모른다.

우리는

우리가 만든 이 세상을

현명하다는 착각 속에 나쁜 일을 반복하며 산다.

하이에나 무리

개와 비슷하지만
개는 아닌 것 같다
무리를 위해 더불어 살겠다며
무리의 힘이 되겠다는 하이에나들이
무리의 우두머리가 되기 위해
무리의 역사를 부정하고
내가 아니면 너는 안되고
나는 파랑 너는 빨강
두 가지 색깔을 꽂아 놓고
사 분 오 열 편편이 되어
오합지졸들이 서로 물어뜯고 난리다.
먹을 것도 부족하고 사냥터도 좁은 들판에서
토끼 한 마리 잡아 놓고 생색만 내며
무리 지어 서로 엉켜 처먹겠다고 으르렁대기만 한다.
당장 굶어 죽을 판인데
헐벗어 털은 다 빠져가는데
잠잘 곳 없어 전전긍긍 유랑만 하는데

알량한 토끼 한 마리 가지고
자화자찬만 하며
자신이 숨겨 놓은 고기는 꺼내지 않고
남이 숨겨 놓은 고기만 내놓으라며
두목 자리만 탐낸다.
나눌 수 없는 딱 한자리
함께 영위할 수 없는 딱 한자리
교차점이 없는 좌표를 설정한
하이에나들이
서로의 우두머릴 만들 일념 하나로
거만하고 치졸하고 비열하게
서로를 물어뜯으며 싸우기만 한다.

내 고향 밤나무골 3

용문산 백운봉이 올곧게 뻗어내린
연수 천을 감고 돌아내리면
기와집 두 채 초가집 열 채가 있던
정겨운 밤나무골*이 있었네
실눈 뜬 저녁 섬돌엔
흰 고무신 하나 검정 고무신 열 켤레
아니 땐 굴뚝엔 흰 연기 몇 점 걸리는
삭풍 몰아치는 섣달그믐날은
함박눈 수북이 쌓이는 포근하고 길고 긴 밤
바느질하시다 졸고 계신 어머니 옆에
외로운 호롱불이 검은 침을 뱉어내며 춤을 추고
우리들의 고된 삶 이야기들을 하시다 지친
할머니와 할아버지가 코를 골고 주무시던
그곳은 나의 고향 밤나무골이라네
두 아름 넘는 밤나무에 올라
밤송이를 작대기로 내려치던 전설들

거북 등엔 우듬지들이 생기고

가지마다 울어대던 까치들의 소식에

오가는 사람마다 기웃거리던 대문

밤 한 톨도 나누어 먹던 다람쥐 같던 형제들

가시 별 내리쬐던 밤나무숲에서

손에 가시가 박혀 울어대던 순희와 영의

그곳이 나의 고향 밤나무골이라네

세상사 고달파도 하루가 저무니

아낙네 눈물 속엔 벼포기가 춤을 추고

떠나간 첫사랑 애틋해도 다소곳이 기다리며

언제고 돌아오기를 기다려 주던

그곳이 바로 내가 살던 고향 밤나무골이라네,

*밤나무골, 경기도 양평군 용문면 다문2리에 있는 동리

삶 그리고 삶

어떻게 살던 삶은 의미가 있지
삶이 때론 우리를 괴롭혀도
괴롭히는 만큼 욕망과 비움은 커지고
부끄러워 주춤할 때도 있지만
망나니처럼 마구 내달릴 때가 많지
뒤범벅된 삶은 아직 없소이다
직선으로 이어져가는 현실에 부딪혀
잠시 머뭇거리다 혼란스러웠던 것뿐
웃고 울 날이 별로 없어 기억나지 않을 뿐이외다
뜰 안에 피고 지는 꽃을 보지 못하였듯이
마당에 가득한 꽃향기를 못 맡았듯이
가까이 있음에도 보고 맡을 날이 없었을 뿐이외다
삶은 늘 가까이서
소리 없는 공정으로 무심하게 함께하지만
옹기종기 모여 살면서도
이건 싫고 저건 좋다며

좋은 것만 받아드리려 하지 않는다오

같이 있다는 사실조차 모르고 사는 것이 아쉽지만

삶은 오로지 내 것이라는 고집불통에 갇혀 있고

삶은 내 어깨에 얹힌 무거움이라는 책임감에 갇혀 있고

나와 함께 일생을 같이하여야 한다는

삶이란 의무에 사로잡혀 있기에

정작 진정한 삶을 놓쳐버리고 사는지도 모르겠지

삶 그리고 삶은

그냥 생긴 대로 사는 것이 행복한 삶 아닐까

귀월(歸月)

나는 지구에 집시인
수많은 방랑과 유랑으로 떠돌다가
이제 나의 달집으로 가려 하니
오늘따라 유난히도 밝기만 하다.
떠나 온 지, 하 오래라
주소는 바뀌지 않았는지
제대로 찾아갈 수는 있는 건지
이렇게 돌아갈 길이었다면
이정표나 예쁘게 만들어 놓을 것을
행복한 이 빈손
비워버린 이내 가벼운 정
모두 모두 뒤로하고
붉은 노을 철길 따라
별 징검다리 건너
걸어가는 나의 옛 고향 달집으로
나 이제 돌아가려 하니
수많은 사람에게

무어라 말을 하고 떠나야 하나,
다시 올 수 없는 이 세상
행복했던 이 세상
언제고 다시 올 수 있다면
얼마나 좋을까.
다시 돌아간다는 것은
아름답고 행복한 일이지만
눈가에 눈물이 맺히는 것은 왜일까,

제5부
사랑과 이별

동백이

눈발 속 동백이
붉은 핏물로 물들었다.

새벽만 해도
입 다물고 아무 말 없더니

눈발에 찢겨
멍이 터졌나 보다

남해 해금강 일출이
아무리 붉다 한들

동백이 터진 입술에
견주어 볼 만하겠는가,

신(神)은 없다

태양은 직각으로 떨어지지 않는다
달도 직각으로 떨어지지 않는다
신도 세상에 존재하지 않는다
자기의 외로운 투영이 깔릴 때
거기, 저기에 있을 거라는 상상뿐이다
신은 곧, 사람이고 믿음이다
신은 경쟁을 싫어하지만
신은 곧 자기 자신이기에
자기 삶 속에 자기를 끌어넣고
자기 자신에 맞는 크기만큼 만든다.
신은 곧 자기이며 자기와의 경쟁이다
신은 의식이 있어야 존재하는 것이고
의식은 자기 존재로 인해 만들어진다.
신은 대상의 세계와 동일화되길 거부한다.
저 자신만의 존재에 확립을 추구하고
숭앙받기를 아주 좋아한다.
그래서 신은

실체로 존재하지 않는 것이나
그저 거기에 있으려니 하는
망상적이고 몽환적인 막연한 존재이다
신은 곧 사고고, 의식이고, 인식이다.
신은 자기가 갈망하는 곳이면
언제고 끌려 나올 수 있고
끌려 나온 신이 바로 자기 자신이다
신은 자기 자신의 정신세계에 존재하며
자신의 정신세계를 떠나선 존재할 수가 없다
신은 자신이 자신을 숭상하면 할수록
신의 희망은 커지고
자신의 내적 마음마저 흔들리게 하여
초월적 공간적 내면의 허공을 공유하려 한다.
신은 자기가 자기에게 매달릴 가능성이
전혀 없을 땐 필요로 하지 않는다
신은 자기 자신만 끊임없이 창조하려 할 뿐이지
신은 안주하려고는 하지 않는다.

나 - 이제

나 - 이제
산(山)으로 돌아가리
저녁 달빛 타고 들려오는
산 새소리 귓가에 와 닿으면
반짝이는 초저녁별 친구 삼아
얼굴 마주 대하며
나 - 이제
산(山)으로 돌아가리라
서산을 쪼아 대는 노을빛 품에 안고
은하수 강가에서 별 수제비 만들며
어린아이처럼 물장구치며 실컷 놀다가
먼저 가신 어머니 아버지가
나를 보고 반갑게 손짓하는
산(山)으로 돌아가리라
아름답던 이 세상
소꿉장난 같던 이 세상

그래도 재미있게 놀다 왔다고
나 - 어머니 품에 안기면
웃으면서 속삭이리라

국화 향

오늘
누군가 정지된 길을 홀로 간다.
지나온 한 삶
국화 향이 그의 코를 짓누른다.
잘 맞춰 놓은 듯한 인생의 퍼즐을 타고
꿈을 꾸지 못하는 시간 속에 갇혀
지천으로 떨어지던 향초의 울음을 들으며
끝내 삭히지 못한 상처를
시퍼런 눈으로 둘러본다.
눈부셨던 인생의 화려함 뒤에
빈 마음만 그려 놓은 화선지
눈물 마른 이승 풍경은
삼 일을 지나고야 저문다.
저 향기에 갇혀 있던
정지된 하얀 꽃과 향기 속에
우리가 못다 한 말은 무엇이었으며
그대가 못다 들은 말은 무엇이었을까

임이여

황홀한 빛에 둘러싸인
어둠을 안은 노을을 좇아
이별이란 한 편의 시를 쓰는
석 삼자의 지은이여
내밀한 그리움
목젖에 걸려 오열을 토하고
뿌리를 내밀던 붉은 사랑은
먼 기억 속으로 밀려만 간다.
어둠 깔리는 느티나무 아래서
내임이 옆에 있는 것 같아
속삭이는 가느다란 목소리로
노을로 쓴 임의 시를 읽고 또 읽으며
임의 이름을 부르고 또 불러보지만
임의 시는 노을에 훨훨 타 나르고
바람의 글자와 구름의 글자는
하늘로, 하늘로 오르고 오르기만 합니다.

어둠

내 눈을 가리고
나를 편안하게 하는 어둠
새들도 깃들어 고요하고
세상도 둥글어 평화로운
검은 살과 검은색만 형상 짙은 어둠이
실리도 무게도 아예 벗어 던졌다
무성하게 매달려 꼭지 마른 이파리들
꿈은 벌써 태양을 향해 질주하지만
어둠에 두려운 아프리카의 토인들은
고집스러운 사냥꾼 표범들은
제각기 눈을 등잔으로 삼은 채
몸을 낮추고 기지개를 늘어트린다.
조준선 정렬을 맞춘 어둠
두 가랑이를 벌린 아침 여명이 유혹할 때까지
온 힘을 바쳐 상간을 끝내야 하고
마음에 들어야 뽀송한 햇살을 쏟아 놓는다.

어둠은 다시 아침을 먹고
아침은 다시 저녁을 먹고

꿈에

속보, 속보
남북을 가로막던
백오십오 마일 철책선이
어젯밤 무너졌단다
남과 북이 평화와 자유를 위해
모두 철거되었단다
판문점에서는
비무장지대에서는
삼천리 방방곡곡에서는
우리의 염원이던 통일이라는 떼창이
울려 퍼지고
공산주의라는 이름으로 저주받은
길고도 긴 녹슨 철조망은
평화통일이라는 단어 아래 고철이 된 채
비둘기 똥을 묻히며 제철소로 끌려갔단다
사회주의 체제하에 북한 인민은
삼겹살 구이와 소주에 무너져 내렸고

민주주의 체제하에 국민은

더 많은 자유와 평화를 만끽하며

밀폐되었던 독재사회의 감옥을 엿보며

분노로 몸서리쳐야 했단다

거대한 민족이었고

만년의 역사를 같이한 핏줄인 동족이

다르게 살아온 이국적 갈등을

지금 모두 잊어버린 체

이렇게 한자리에 모여 축배와 담소 화락하며

엉덩이를 흔들며 통일의 기분을 맛보고 있단다.

마음이 너무 벅차 뿌듯해

나도 모르게 감격의 눈물을 흘리며

대문을 걷어차고 나갔는데 꿈이었다

연탄 2

삶의 아픈 검은 비늘을 번쩍이며
이제 깊고 깊은 암흑의 땅속을 나오니
세상은 광명이로다
이제야 자기 몸을 세상에 내던진 희열
그것도 잠시뿐
열아홉 총구멍 가슴에 뻥 내고
어렵게 나온 달동네 산동네로 다시 향한다.
추억의 거리도 미로였지만
다시 돌아갈 길이였다면
애써 세상 구경하지나 말 것을
다시 도가니로 돌아간다 해서
나의 본심을 못 세우는 것은 아니지만
어떻게 보면
몸 하나 누일 자리 없는
세상 풍파와 싸우고 지친 사람들의
따뜻한 꽃을 피워 주게 되었으니

그게 더 나에겐 행복하리라
내 얼굴에 냄비를 올려놓고
자식의 배를 따뜻하게 해주려고 기다리는
어머니 할머니의 얼굴도 보게 되고
구수한 된장찌개 냄새도 맡으니
내 어찌 기분이 뭉클하지 않을 손가
내 검은 살점이 붉어지는 아픔이 있어도
가난한 이들의 따뜻한 마음이 되어 준다면
나 스스로 혼절해가는 도가니 속에서
결별의 칼날을 세우고 죽음을 다한다 해도
흰 눈 덮인 비탈길에 밟히는
장엄한 죽음이 된다 해도
나는 결코 후회 하지 않으리라.

애가 哀歌

황홀한 노을빛 속으로
사라져 가는 내 임이여
서산엔 이름 석 자
눈물로 새겨 놓고
등을 돌린 내 임이여
가지 말라 하면 돌아설 건가요,
거기서라 하면 멈출 건가요
소리쳐 불러보지만
오열 속에 묻혀버리는 임의 이름이여
노을 속에 묻어 버린 임의 이름이여
잊으라 하면 어찌 잊겠소
잘 있으라 하면 어찌 견디겠소
찢어지는 가슴 마디마디 애타는데
임이여
그 노을 속으로 제발 들어가지를 마오
노을빛 황홀함에 우리의 사랑을 버리고

노을빛 찬란함에
우리의 행복을 숨겨버리면
나는 어찌하란 말이오
나는 어떻게 살란 말이오
임이 없는 이 세상은
그대 없는 이 작은 집은
내가 산들 무슨 재미요
내가 있든 무슨 의미요
산다 한들 사는 것이겠소
가지 마오 임이여!
떠나지 마오 임이여!

첫정

내 알몸 옆에
누워 있는 또 다른 알몸
내가 네가 되고
네가 내가 되는 순간
우리는 소중한 것을 모두 나누었다.
굳이 말은 안 했어도
이 정이 뭔지 자신은 없었어도
우리는 하나를 선택했다
인생의 귀한 것을 깨닫기에는
아직 이른 나이었지만
아직 어린 새였지만 서로를 품었다.
눈부신 무덤 두 개가 보이는 곳을
무서움에 떨며 지난다.
가름한 실루엣을 어루만지며
요동치는 파도에 몸을 싣고
출렁거리는 바다 위에 멀미를 느끼며

그늘 속에 가렸던 젖빛 어둠을 젖히니,

상앗빛에 눈이 부시다.

눈부신 광채를 따라 옥빛을 따라가니

흑빛 가랑이 사이에 불쑥 돋아난 검은 잎사귀들

어르고 헤치고 들치면서 들어가니

신비한 바다의 용궁에 머문다.

깊으면 깊어질수록

나의 몸은 침몰하고 또 침몰을 거듭하며

나는 물갈퀴가 없이 용궁을 허우적댄다.

첫정의 추억은 아주 깊고 짧고 황홀했지만

처음으로 느껴보는 허무함과 행복함은

철없는 추억의 치매로 남고

길고 긴 터널 속에서 오늘도 헤매 일 뿐이다

별 꿈

내 꿈을 향해 나는
하늘에 단단히 박혀있는
반짝이는 내별 하나를
돌멩이로 맞추는 일이다
내가 던진 돌멩이와 별이 부딪힌다면
별은 더 찬란하게 빛이 날 테고
나는 그 별빛들을 주워 모아
세상 사람들에게 골고루 나눠주는 것이
나의 꿈이고 나의 소원이기도 하다
난 매일 그런 꿈을 꾸며 사는 게 낙이니
나는 봄부터 겨울까지 별빛 대지 위에
매일매일 출렁이는 별 밭에 누워
삼 석 자의 나의 이름을 외는 꿈만 꾼다.
세상 한복판에 우뚝 세운 내 빛은
하얀 이빨을 드러낼 때마다 반짝이고
양팔을 들어 올린 모습도 우아하여
수많은 인파 속에서도 빛을 뿌리는

군계일학이 되겠지
이 세상 부러울 것 하나도 없는 사람처럼
멋있게 맛있게 아름답게 반짝거리다가
시간이 흐르면 갑자기 빛을 잃고 말겠지
별에 박혔던 돌멩이가 다시 떨어지고
나에게로 무심하게 돌아오겠지
내가 내별을 맞춘 어리석음 때문에
나는 스스로 내 머리통을 깨트리고
발밑에 구르는 똥별이 되겠지
그래도 그, 별 꿈이라는 거
매일 똥별이 되어도, 꼭 이루어지지 않아도
매일 꾸고 싶다는 것, 그래서 별 꿈을 꾼다는 것을

애련

사랑하는 내임이
떠난다고 하네요
날 사랑하는 내임이
멀리 간다, 하네요
나는 슬픔에 두 손을 꼭 잡고
가지 말라 애원하고 싶었지만
가는 길이 워낙 멀고 멀어
빨리 가야 한다네요
잘 가라는 말 대신
눈물로만 인사하네요
오- 사랑하는 내임이여
모든 슬픔 나에게 주고
모든 아픔 나에게 주고
홀가분한 마음으로 떠나가오
떠난 후에 지금보다 더 아프거든.
떠난 후에 홀로 더 외로울 거거든
다시 나에게로 돌아와 주오

이 세상을 다 준다 한들
당신과 바꿀 수 없다던
당신만을 사랑하겠다던 굳은 맹세
저버린 나를 용서하오,
내 사랑이 모두 다 진실하다 한들
당신이 없으면 무슨 의미가 있겠소
떠났다가 힘들면
다시 돌아오시오
그리곤 내 빈 마음에
영영 앉아 계시오.

온난화 2

지구에 꽃들이 만발한다.

보기도 좋고 향기도 좋지만

어찌 된 일인지

피고 지는 것이 전광석화라

눈 한번 뜨고 감으면 그만이다

단아하게 개어 놓았던 예쁜 꽃들도

피 한 방울 흘리지 않고 피어난다.

허기 사 피어나면 무엇하리

이를 품어줄 벌 나비가 없으니

꽃이 부시고 꽃이 아름다우면 뭣하리

씨앗을 내려 줄 벌 나비가 없으니

눈부신 봄날은 너무 짧아 눈물 나고

여름은 점점 길---어 지루한데

하늘을 봐야 별을 보고

벌 나비를 봐야 열매를 맺는 것이

자연의 이치거늘

어쩌다 꽃 본다는 게,

꽃피고 지는 것이 게 눈 감춘 듯하니

어디,

꽃 피는 봄이라 하겠는가,

용문사*

석양은 웃지만
말씀이 없다.
천년 고찰 부처도 웃지만
역시 말씀이 없다.
천년 고목 은행 목도
다리가 아파도 역시 말씀이 없다.
모두가 무한을 이겨내는
불교의 율법에서랄까
모두가 응시하는 곳은
속세와 중생이다.
어떤 마음이래야
흔들림이 없고
어떤 생각이어야
자비의 스승이 되고
어떤 자세이어야
중생의 고통을 알고
어떤 눈이어야

등불이 된단 말인가,

무슨 마음이어야

안식과 행복만을 기원한단 말인가,

*용문사, 경기도 양평군 용문면 용문산로 782에 자리한 천년고찰

아침 2

제 속살마저 맑게 헹군 햇살
풀잎과 이슬 사이에서
간신히 몸을 뺀 햇살
한가히 비틀거리며 반짝이는 햇살
환히 드러나 눈이 부신 내 맑은 머리
이 신성함을 다 무시하고도 솟구치는 욕망은
언제나 원치 않는 속세의 삶으로 끌려간다는 것
병든 도시의 탁한 공기를 허파에 가득 담아야 한다는
것
나를 비워내고 비워낸다 해도
죽기 전엔 아무것도 비울 수 없다는 것
아침은 사치에 불과하다는 것

장미

나는야 밤에 피는 장미
나는야 낮에 피는 장미
낮에는 향기로 피고
밤에는 눈물로 피네
어쩌다 만난 임이
어쩌다 사랑한 임이
낮에는 보고파 웃음 짓고
밤에는 그리워 눈물짓네
이러는 내가 약속도 하지만
그러는 내가 눈물겹지만
이렇게 사랑이란 게
울고 웃는 어리석음이라네
낮에는 보고파 웃고
밤에는 그리워 우는
나는야 어여쁜 장미
나는야 가녀린 장미

■

시집 해설

탈경계를 통한 화해와 평화의 모색
장봉이論

정 신 재(문학평론가)

1. 소리와 이미지

세상에는 수많은 소리가 있다. 바람 소리 · 새소리와 같은 대자연이 품고 있는 소리를 비롯하여 악기 소리 등 인공적으로 만들어 내는 소리 등 무궁무진한 소리가 있다. 소리에는 듣기 좋은 소리와 듣기 싫은 소리 등 다양한 종류의 음이 있으며, 그 소리가 시대에 따라 여러 음악으로 발전되어 왔다. 최근 이와 같은 소리를 이미지로 변용시켜 맛깔스런 시를 쓴 시인이 있다. 장봉이 시인. 그가 소리를 이미지로 변용시키고 자연의 이치를 활용한 인간미를 시로 형상화하여, 시집을 냈다. 제목이 『아이야 어른아』 인데, 그의 다섯 번째 시집이다.

풍경소린 모아
산에다 주고

불경 소린 담아
속세에 펴 주었으니

비움은 눌러앉고
해탈만 차지한 이 고요

아! 비움에
티끌조차 하나 없으니

이 산사
무상무념으로 꽉 채웠구나

-「산사의 고요」 전문

시인이 창출한 소리에는 철학이 담겨 있다. 불교에서 궁극적으로 추구하는 무소유와 해탈도 그 중 하나다. 석가모니가 세상의 번뇌를 벗어나기 위한 해탈을 제시하였다면, 시인은 그 가르침이 몸에 체현되는 과정을 "고요"와 소리로 표현하였다. 그는 우주에 놓여 있는 소리 가운데 "풍경 소리"와 "불경 소리"를 끌어 왔다. 그리고 그 소리를 다시 자연의 이치대로 돌려놓았다. "풍경소린 모아/ 산에다 주고// 불경 소린 담아/속세에 펴 주었으니". 여기서 소리는 경계를 나누기보다는 나눔과 이음으로 체현된다. "산"과 "속세"는 세상 사람들이 나눈 경계다. 그러한 경계는 인위적인 것이어서 상대를 깎아내리기에 급급하다. 경계는 사람 사이에 벽을 만들고, 국가간에 장벽을 만든다. 그래서 표면적으로는 번듯하고 합리적인 것처럼 보이지만, 자연의 이치로 따져 보면 허황하기 짝이 없다. 그러한 허황함은 국가간에 전쟁을 낳고, 사람간에 시기와 질투를 낳는다. 시인은 경계지음으로 생긴 허황함을 해체할 방법을 소리에서 가져온다. 그것은 자연의 이치에서 발견한 소리다. 그 소리는 바람을 타고 사람간 · 국가간의 경계를 허물 수가 있다. 그래서 시인은 자연의 이치에 따라 "산" 과 "속세" 가 가진 본성에 따라서 나누어 준다. "산사" 가 가지고 있는 고요와 소리를 "산" 과 "속세" 에 나누어 줌으로써, 자연의 이치가 존재와 사물에 배어들어 그 착한 본성을 회복하게 한다. 시인이 소리를 배분하며 터득하게 된 이치는 "비움" 이다. 시인은 이 "비움" 을 "고요" 에서 발견하였다. 이 "고요" 는 "해탈" 에 이르는 가치를 창출한다.

이렇게 볼 때 시인이 "산사의 고요" 에서 번뇌와 해탈의 과정이 그려진다. 그것은 시인이 사물이 가진 본래의 소리에서 꺼내 온 것이며, 자연의 이치다. 이와 같은 자연의 이치가 시인의 손을 거쳐 "비움" 과 " 나눔" 이라는 가르침으로 변용되는 과정이 매끄럽고, 인위적이지 않다. 그것은 해탈로 전이되어 가는 것처럼 자연스럽다. 시인만이 가진 독특한 절창(絶唱)이다.

2. 변용과 전이

배우는 일상 생활에서는 개인에 불과하지만 무대에 서면 극중 인물이 된다. 언어도 일상에서는 일상어이지만, 시의 틀에 들어가면 시어가 된다. 그리하여 시적 화자는 일상에서의 개인이 아닌 시 속에서의 인물로 자리잡게 된다. 시에서는 사물도 A의 이미지에서 B의 이미지로 변용될 수가 있다. 이는 존재에 체험과 상상과 정서가 지라잡고 있기 때문에 가능한 것이다. 장봉이 시인의 시에는 존재와 사물의 변용-A 이미지가 B의 이미지로 변화된 모습-과 전이-A 이미지가 B의 이미지로 변화되어 감-가 의인화를 통해서 이루어진다.

눈발 속 동백이
붉은 핏물로 물들었다.

새벽만 해도
입 다물고 아무 말 없더니

눈발에 찢겨
멍이 터졌나 보다

남해 해금강 일출이
아무리 붉다 한들

동백이 터진 입술에
견주어 볼 만하겠는가,

-「동백이」 전문

이 시에서 동백꽃의 개화 과정이 아름다운 인간의 모습으로 변용되고, 전이되어 있다. "눈발 속 동백"이 "붉은 핏물로 물들"고, "눈발에 찢겨/ 멍이" 터진다. 그리하여 동백은 열정과 미모를 갖춘 미인의 모습으로 변용된다. 이와 같은 변용과 전이는 「봄의 소리」나 「과음」등으로 이어진다. 시인의 변용과 전이는 역동적이고 생명력이 있어, 존재가 가진 감성과 상상을 자연스럽게 변화시켜 가는 활력이 있다.

봄을 먹는 아지랑이 입술에서
할아버지의 졸음 소리가 들린다.

봄을 먹는 꽃들의 입술에서
아삭아삭 맛있는 소리가 들린다.

봄을 먹는 이파리들 입술에서
소곤소곤 수다떠는 소리가 들린다.

봄을 먹는 시냇물의 입술에서
졸졸 음악 소리가 들린다.

-「봄의 소리」전문

동시 형식을 취한 이 시는 봄의 이미저리가 다양한 소리와 함께 변용되어 있다. 이는 "아지랑이 입술"과 "할아버지의 졸음 소리", "꽃들의 입술"과 "아삭아삭 맛있는 소리", "이파리들 입술"과 "소곤소곤 수다떠는 소리", "시냇물의 입술"과 "졸졸 음악 소리"가 만나 봄의 정경이 생동감있게 제시되어 있다. 그리고 이 정경은 봄을 맞는 자연과 존재의 소리로 만나 사물과 존재의 역동적으로 만나 자연의 이치로 흘러가는 모습으로 변용된다. 시인은 이와 같은 변용의 기술을 가지고 자연과 인간, 사물과 존재가 동렬에 서서 만나 정감이 있는 존재를 형상화해 놓았다. 이와 같은 정감 있는 존재는 시인이 자연과 인간, 사물과 존재를 결합하여 이루어낸 결과물이다.

3. 어른과 아이의 탈경계

역사적으로 한민족은 경계를 지으며 살아왔다. 임진왜란 때에는 조선과 일본간에, 병자호란 때에는 조선과 청나라간에, 일제 식민지 현실에서는 대한민국과 일제

간에, 한국 전쟁 때에는 남한과 북한간에 경계가 있었다. 그리고 21세기에도 한국은 여전히 분단 현실이라는 경계가 있다. 비단 나라의 안과 밖에만 경계가 있는 것이 아니다. 남한과 북한 사이에도 휴전선이라는 경계가 있고, 진보와 보수, 가진 자와 소외 계층 사이에도 경계가 있다.

경계는 그에 대한 반동 형성으로 탈경계를 모색하게 한다. 교통과 통신의 발달과 함께 다국적 기업은 국가간의 경계를 넘어서서 세계로 통하는 무역로를 열어 놓았다. 한국인은 분단 현실이라는 경계를 딛고 세계에 한류 문화를 전하는 탈경계적 태도를 가지게 되었다. 그러므로 경계나 탈경계는 주체와 타자를 가로지르기하며 진리를 추구하는 데에 소용될 수 있는 것이다.

시의 표현 기교는 경계와 탈경계를 통하여 진리를 탐구하는 데로 나아가는 데 도움을 준다. 존재와 자연은 비유나 알레고리를 통해서 결합된다. "A는 B다.", "A는 B와 같다.", "A가 B로 표현된다." 등은 비유 · 직유 · 알레고리 등의 메타포를 형성하면서 새로운 의미를 낳는다. 장봉이 시인은 메타포를 통해 탈경계를 모색한다.

황금 햇살이
풍년의 기억을 되살려
참새와 들국화를
수줍게 깨웠다.
삼천리 금수강산
논두렁 밭 두렁길
화사함을 모른 채
황금빛을 토해내면
풍요롭게 넘치는
넓고 넓은 들판엔
어제의 삶에 지친
어머니의 이마에 패인
어른 주름살이
아이처럼 펴졌다.

-「아이와 어른」 전문

이 시는 아이와 어른 사이의 경계를 해체하고, 그 본성이 서로 만나 화해와 평화의 과정으로 나아가는 과정을 그려져 있다. 1-10행까지는 "삼천리 금수강산"과 "넓고 넓은 들판"에 생동하는 기운을 표현한 것이고, 11-14행까지는 "어른"과 "아이"라는 존재를 형상화한 것이다. 전자는 자연을 표현한 것이고, 후자는 존재를 형상화한 것이다. 이 두 이미지가 결합하여 메타포를 이루면 새로운 의미가 탄생한다. 자연과 존재가 동렬에 서서 매타포의 관계로 결합하여, 자연은 자연대로의 기운이 생동감있게 펼쳐지고, 존재는 존재대로의 의미가 살아난다. 자연에 나타나는 생동감은 생명을 살리는 자연 본연의 역할을 제시하고, 존재에 나타난 인간 관계는 인간 본성의 역할을 함축하고 있다. 이 자연과 존재가 결합하여 이루어진 메타포는 인간과 자연이 동렬에 서서 제 본연의 역할을 하는 것이 얼마나 소중한가를 직감하게 한다. 이 시는 인간과 자연이 동렬에 서서 결합된 메타포로만 끝나지 않는다. 후반부 11-14행에서의 존재는 "어른"과 "아이"로서의 본성을 함축하고 있다. "어머니의 이마에 패인/ 어른 주름살이/ 아이처럼 펴졌다"는 모성애를 가진 어른과 순수함을 가진 아이의 본성을 암시하고 결합함으로써, 인간이 본연적으로 가져야 할 덕목이 제시되었다. 이는 "어른" 과 "아이" 의 본성을 메타포로 결합함으로써 존재가 보편적으로 가져야 할 덕목을 자연의 생동하는 기운과 함께 자연스럽게 표출하는 탈경계의 과정을 통해서 이루어진 것이다. 곧 자연과 존재가 동렬에 서서 메타포로 결합되고, 이를 다시 "어른" 과 "아이" 의 결합을 통해 인간이 보편적으로 가져야 할 덕목을 자연 이치를 통해 형상화한 것으로 보아야 할 것이다.

4. 해체와 탈경계

일찍이 철학자들은 동일자나 이데아를 추구하여 왔다. 이는 근대에 이르러 실재(진실이나 진리가 있다고 가정된 세계)를 추구하는 데로 나아갔다. 이 실재로 나아가기 위하여 여러 가지 방법이 모색되었다. 해체도 그 방법의 하나였다. 언어학자 소쉬르에 의하면 기표와 기의는 자의적으로 결합된다. 이 자의적으로 맺어진 결합은 개인에게 편협한 생각을 가져다 줄 수 있다.

가령 '장미' 라는 기호를 보자. 색깔이 빨간 것도 있고 희거나 검은 것도 있다. 그러나 기호의 자의적 관계에 익숙해진 사람들은 '장미' 를 빨갛다고 생각하는 데에 익숙하다. 또한 장미는 예쁘기도 하지만, 가시도 있다. 근데 사람들은 '장미' 가 예쁘다는 데에만 익숙해 있다. 이는 사람들로 하여금 편협한 사고에 매달리게 한다. 그래서 사물에 대한 편협한 시선을 해체하고 그 본질로 나아가는 해체가 요구된다. 마찬가지로 장봉이 시인은 기존의 이미지를 해체시켜 존재와 사물의 본질로 나아가는 해체를 시도하였다.

대취한 보름달이
잣나무 가지에 걸려
자빠지더니
내 온몸으로 기어 온다.
달빛의 취기
눈으로 마시는
저 순도 높은 교교함
나를 과음하게 하더니

산이 포주가 되어
내 허리를 잡아끈다.
오호라, 그래,
오늘 밤은 기필코
내 너, 산을 품고
만리장성을 쌓아 보리라

-「과음」 전문

시인은 "보름달이" 크게 취해서 화자의 몸으로 기어 들어온다고 표현함으로써 달빛 어린 산의 청취를 정감있게 표현하였다. 이는 우리가 일상에서 흔히 볼 수 있는 달밤의 풍경을 의인화시키고 남녀간의 정사처럼 알레고리화시킨 것이다. 이는 달밤이라는 정적인 풍경을 역동적으로 변용하고 전이시켜 이루어진 정경이다. 여기에는 시인의 낙천성도 가미되어 있다. 이는 "달밤"과 "산"의 본질로 다가서기 위하여 그것이 가지고 있는 단조로움과 편협함을 해체시키고 얻은 의미 있는 풍경이다. 이와 같이 장봉이는 일상에 놓인 "달

밤" 이미지를 해체시키고 의인화하여 새로운 이미지와의 놀이를 즐김으로써 사물의 본질로 나아가는 데 익숙해 있다.

5. 삶과 죽음의 탈경계

삶과 죽음은 인간의 가장 보편적인 경험 양식이다. 이 당에 태어난 존재라면 누구나 다 삶과 죽음을 체험한다. 그리고 인간은 죽음 앞에서 그 한계를 실감하고 다양한 생각들을 하게 된다. 그래서 예수는 부활을 제시하여 죽음이 삶의 종착역이 아님을 제시하였고, 불교에서는 차안에서 피안으로 건너가는 과정으로 죽음을 피력하였으며, 도가에서는 죽음을 나그네 길을 끝내고 돌아가는 안식처로 생각하였고, 유교에서는 죽음을 생각하며 오히려 삶의 역동성을 모색하는 계기로 삼았다.

나는 지구에 집시인
수많은 방랑과 유랑으로 떠돌다가
이제 나의 달집으로 가려 하니
오늘따라 유난히도 밝기만 하다.
떠나 온 지, 하 오래라
주소는 바뀌지 않았는지
제대로 찾아갈 수는 있는 건지
이렇게 돌아갈 길이었다면
이정표나 예쁘게 만들어 놓을 것을
행복한 이 빈 손
비워버린 이내 가벼운 정
모두 모두 뒤로하고
붉은 노을 철길 따라
별 징검다리 건너
걸어가는 나의 옛 고향 달집으로
나 이제 돌아가려 하니

-「귀월(歸月)」부분

이 시에서 화자는 죽음 앞에서의 사색을 독백처럼 읊조리고 있다. 그러나 죽음 제재는 삶의 가치를 제대로

짚어 보려는 반동 형성-속마음을 반어적으로 표현하는 심리-의 기법을 처리한 것이다. 오히려 죽음이 삶의 진정성을 진지하게 생각하게 하는 계기가 되는 것이다. "행복한 이 빈 손/ 비워버린 이내 가벼운 정" 은 그만큼 화자가 욕심 없이 청빈하게 정을 나누며 살아 왔다는 자부심의 표현이다. 그런 자부심은 죽음을 두려워하지 않고 자연의 이법으로 받아들이겠다는 담담함으로 일관한다. 그래서 죽음이 무섭고 험한 공간이 아니라 나그네 길을 끝내고 "옛 고향 달집" 으로 돌아가겠다는 순리로 통하게 된다. 이와 같이 화자가 죽음을 나그네가 집으로 돌아가는 순리로 받아들이는 것은 그만큼 삶과 죽음의 경계를 긋지 않고 자연의 이법에 따르겠다는 초연한 태도에서 비롯된다. 이는 삶과 죽음을 탈경계적으로 바라보면서 순리대로 살아가겠다는 화자의 철학이 형상화된 것이다.

6. 서정과 놀이의 탈경계

장봉이 시인의 시에는 서정과 놀이가 내재되어 있다. 서정은 존재와 사물이 비유적으로 엮이면서 감동으로 나아가게 하는 지성과 감성의 형상화이다. 시인의 서정은 존재와 사물이 결합되는 과정이 전혀 거칠지가 않다. 자연인 것 같으면서 존재이고, 존재인 것 같으면서 자연이다. 한 마디로 존재와 자연이 만나 일어나는 서정적인 놀이다.

어젯밤에
우리 아빠와
집안 연못에서
잉어들을 모아 놓고
달님 별님들과
술래잡기하며 놀다가
집에 와서 잠을 잤는데
꿈속에서도
달님 별님이
자꾸만 술래하라고
몇 번이고 깨웠습니다.
내일 밤엔
연못에 들어가서
달님 별님들 건져 놓고

잠을 푹 자야겠습니다.

-「술래잡기」 전문

동시인 이 시는 화자가 현실과 꿈을 오가며 인지하는 풍경이 놀이를 하듯 역동적으로 그려진 것이다. 밤하늘과 연못이 아이의 시선으로 현실과 상상을 오가며 자연스럽게 변용되어 있는 것이다. 이는 자크 라캉의 용어로 말하면 아이의 상상과 상징적인 기호에 익숙해 있는 현실을 오가며 실재계-진리가 있다고 가정된 세계-를 모색하는 것이다. 그러나 그러한 심리가 현학적이지 않고 실감있게 그려진 것은 그만큼 동심과 어른의 세계를 탈경계적으로 바라보는 시인의 체험이 비유적으로 형상화된 것이다.

이렇게 볼 때 장봉이 시인은 비유나 알레고리를 부단히 연마한 것 같다. 이는 시인이 존재와 사물을 결합시키는 결구력을 부단히 연마한 결과라고 보여진다. 그러므로 시인의 시나 동시는 서정이 팔딱거리고 놀이가

신나게 전개되는 현재진행형의 시간과 공간이 자리잡고 있다. 곧 어른과 아이, 삶과 죽음, 존재와 자연이 비유적으로 자리잡으면서 여러 모양의 시간과 공간이 자연스럽게 연결되는 것이다. 이는 시인이 어른과 아이, 존재와 사물, 삶과 죽음, 욕망과 비움을 탈경계적으로 바라보는 데 익숙해 있기 때문에 나온 결과물이다.

7. 에필로그

최근 장봉이 시인은 변용과 전이에 익숙해 있는 것 같다. 이는 소리를 이미지로 변용시키고 자연을 존재로 의인화시켜 존재와 사물이 가지고 있는 본질로 나아가기 위한 해체 전략이라고 할 수 있을 것이다. 그의 해체 전략은 개인이 가지고 있는 편협한 시선을 해체하고, 이분법적 사고에 젖어 있는 사람들의 경계를 해체하는 데에 방점을 찍고 있다. 그리하여 시인의 시에는 아이와 어른, 삶과 죽음, 존재와 사물간에 놓인 경계가 해체되고, 그 본성을 통하여 인간미를 소화하게 하는 전략이 내재되어 있다. 이는 시인이 도시와 자연의 접점이 되는 '시골'을 배경으로 하여 살면서 터득한 이치인 것 같다.

시인은 용문산 아래 사찰 근처에서 농사를 지으며 사는 존재이다. 그래서 시인은 도시와 시골의 화해와 평화를 모색한다. 「산사의 고요」·「동백이」·「과음」과 같은 비중 있는 작품이 나올 수 있었던 것은 시골, 특히 그의 삶의 터전인 "신점리"에서의 사색이 결실을 이루어서 이루어진 것 같다. 시인은 "산사"가 가진 "고요"와 "비움"의 이치로 자연과 세상에 나눔을 실현하려 한다. 이와 같은 나눔은 물질적인 것이 아니라 자연이 가진 본성을 헤아림으로써 터득된 이치다.

시인의 나눔에는 해체와 탈경계의 시법도 포함되어 있다. 해체는 개인이 가진 편협한 시선을 해체시켜 사물의 본질을 헤아리려는 것이요, 탈경계는 이분법적 사고나 경계를 넘어서서 실재(實在)로 나아가려는 시법이다. 그래서 시인은 아이와 어른, 삶과 죽음, 존재와 사물, 언어와 이미지간의 경계를 허물고 서로 상대적인 것이 만나 그 본성을 털어 놓고 화해와 평화의 세계로 나아가고자 하는 시법을 활용하였다. 변용과 전이, 비유와 의인화 등은 시인이 즐겨 사용하는 메타퍼다. 그리고 이 메타퍼 놀이를 통해서 시인은 체험과 정서와 상상을 통해 얻은 자연의 이치를 피력하였다. 해체와 탈경계를 통해 실재로 나아가는 시인의 놀이가 독자들의 삶에 활력을 줄 수 있을 것이라고 확신하며, 그의 이번 시집이 많은 사람들에게 읽혀지기를 기원한다.

아이와 어른
장봉이의 제5 서정 시집

인쇄 : 2022. 7. 10.
발행 : 2022. 7. 15.

발행인 : 장봉이
발행처 : 도서출판 놀부 [경기도 양평군 용문면 용문산로 422]
전 화 : 031-775-2222 메일 : 1111jjang@daum.net
디자인 · 편집 : 이은선

ISBN 979-11-973338-5-9 03800

* 이 시집은 경기문화재단 지원금으로 만들어진 것입니다.